1897. Avril. 2

VENTE

DES VENDREDI 2 & SAMEDI 3 AVRIL 1897

Hôtel Drouot, Salle n° 11

A 2 HEURES 1/4

OBJETS D'ART

ET

d'Ameublement

MARBRES, PORCELAINES, FAIENCES

BRONZES, FERS FORGÉS

TABLEAUX, DESSINS, AQUARELLES

Miniatures, Objets de vitrine et de curiosité

ARGENTERIE

Objets de la Chine et du Japon

TENTURES, TAPIS

Mᵉ E. THOUROUDE
Commissaire-Priseur
32, Rue Le Peletier, 32

M. L. OPPENHEIMER
Expert
8, Rue de la Grange-Batelière, 8

EXPOSITION PUBLIQUE

Le Jeudi 1er Avril 1897, de 2 h. à 5 h. 1/2

CONDITIONS DE LA VENTE

La vente sera faite *expressément* au comptant.

Les acquéreurs payeront en sus des adjudications *cinq pour cent.*

L'exposition mettant le public à même de se rendre compte de l'état des objets, il ne sera admis aucune réclamation une fois l'adjudication prononcée.

PARIS — IMPRIMERIE E. MÉNARD ET Cie, 8, RUE MILTON

DÉSIGNATION

Meubles

1 — Très belle chambre à coucher en noyer ciré sculpté style Louis XVI, composée de : un lit de milieu avec sommier, armoire à trois portes avec glaces, une table de nuit chiffonnier.

2 — Meuble de salon en palissandre de style Louis XVI recouvert en tapisserie d'Aubusson, composé de : un canapé, deux fauteuils et quatre chaises.

3 — Très joli petit bureau de dame en noyer sculpté de style Louis XV. Ce meuble est surmonté d'une bibliothèque très finement sculptée.

4 — Deux chaises en bois doré de style Louis XVI recouvertes en soie brochée.

5 — Console bois doré et sculpté de style Louis XV à dessus marbre blanc.

5*bis* — Très beau bureau cylindre Louis XV en bois d'amaranthe et de palissandre orné de marqueterie : attributs de la Science et de la Musique.

6 — Meuble d'entre-deux en bois de rose garni de bronzes et à dessus marbre. La porte est ornée d'un médaillon en porcelaine décorée de personnages.

7 — Grand bureau plat Louis XIV en bois de violette et de palissandre orné de bronzes.

8 — Très joli petit canapé vis-à-vis en noyer sculpté, recouvert en velours de Gênes.

9 — Commode Louis XVI en bois de rose et de palissandre ornée de bronzes.

10 — Meuble de salon en bois laqué blanc recouvert d'étoffe bleue à fleurs, composé de : un canapé, deux fauteuils et quatre chaises.

11 — Deux fauteuils bergères Empire en bois laqué blanc.

12 — Vitrine Louis XVI en bois laqué blanc, à décors fleurs.

13 — Table-bureau Louis XIV en bois de rose ornée de bronzes.

14 — Console bois doré et sculpté de style Louis XV, à dessus marbre blanc.

14*bis*. — Belle armoire à trois portes en palissandre ciré de style Louis XV.

15 — Très belle armoire normande en chêne sculpté s'ouvrant par deux portes pleines ornées de glaces biseautées.

16 — Fauteuil Dagobert en bois sculpté.

17 — Commode Louis XIV en noyer ornée de bronzes.

18 — Stalle en chêne sculpté de style Renaissance.

19 — Porte-manteau en noyer ciré avec glace de style Louis XIII.

20 — Meuble de style Renaissance formant crédence en noyer sculpté.

21 — Fauteuil Dagobert en bois sculpté.

22 — Deux fauteuils en bois sculpté de style Renaissance.

23 — Ameublement de chambre à coucher en acajou à filets cuivre de style Louis XVI, composé de : lits de milieu, armoire à glace, table de nuit.

24 — Fauteuil Louis XVI.

25 — Grande et belle glace de style Louis XVI.

26 — Meuble de salon en bois laqué de style Louis XV, recouvert en satin brodé, composé de : un canapé, quatre fauteuils et quatre chaises.

27 — Piano en palissandre de la maison Pleyel.

27*bis*. — Piano de la maison Boudet.

28 — Casier à musique.

29 — Deux coffres-forts de la maison Fichet.

29 *bis* — Coffre-fort de la maison Lhermitte.

30 — Meuble japonais en bois de fer avec incrustations d'ivoire.

31 — Table à jeu en laque de Chine.

32 — Grande glace cadre chêne sculpté.

32*bis*. — Très beau paravent de forme psyché en bois de fer sculpté, portant d'un côté une riche broderie chinoise et, de l'autre, une glace.

33 — Jolie table hollandaise, dessus en marqueterie.

34 — Baromètre en bois sculpté et doré.

35 — Six chaises en noyer garnies de cuir de style Louis XIII.

36 — Quatre fauteuils Louis XIII, recouverts en étoffe ancienne.

37 — Très belle salle à manger en acajou ciré de style Louis XVI, composée de : un buffet, une table et douze chaises.

38 — Jardinière bois sculpté et doré.

39 — Bahut à deux corps en bois de palissandre. Ce meuble fermant par deux portes ornées de glaces renferme douze tiroirs.

40 — Paravent chinois à quatre feuilles.

41 — Deux supports en bois noir.

42 — Deux fauteuils de style Louis XIII recouverts d'étoffe fantaisie à fond rouge.

43 — Chaise longue.

44 — Grande et belle glace cadre doré.

45 — Guéridon en bois doré et sculpté : Singe montant à un arbre.

46 — Table à jeu Empire en bois de palissandre ornée de bronzes, forme demi-lune.

47 — Fauteuil Louis XIV en bois doré.

48 — Commode de style Louis XV en palissandre ornée de bronzes et à dessus de marbre.

49 —. Bahut en bois noir à rehauts d'or, la partie supérieure de ce meuble forme vitrine, le panneau de la porte en bois sculpté représente l'Amour désarmé.

50 — Glace psyché bambou.

51 — Commode de style Louis XV en noyer.

52 — Table liseuse.

53 — Très beau lit en acajou et à filets cuivre de style Louis XVI.

54 — Chambre à coucher en pitchpin.

55 — Table de salon avec incrustations d'ivoire.

56 — Table à thé en bois laqué, décors fleurs et oiseaux.

57 — Paravent quatre feuilles, étoffe brodée or.

58 — Deux pieds supports moucharabie.

59 — Étagère en bois laqué.

60 — Deux fauteuils et deux chaises pliantes.

61 — Table en bois des Iles.

62 — Statue bois sculpté : *Divinité*.

63 — Stalle en chêne sculpté avec son socle.

64 — Suspension en fer forgé pour salle de billard.

65 — Trépied fer forgé formant socle.

66 — Deux escabeaux chêne sculpté.

67 — Lanterne à gaz pour antichambre.

68 — Porte-cannes et porte-parapluies en bambou.

69 — Écran en bronze de style Louis XVI.

70 — Suspension de salle à manger.

71 — Cheminée en marbre jaune.

72 — Très belle cheminée monumentale en noyer ciré de style Renaissance.

Bronzes d'Art et d'Ameublement

73 — Pendule Empire en bronze doré.

74 — « *Faunes et bacchantes* » groupe en bronze, d'après Clodion.

75 — Paire de grands vases en bronze japonais.

76 — Paire de vases onyx monture bronze doré.

77 — Très belle pendule en bronze représentant l' « *Enfant à la Source* », d'après Carrier-Belleuse.

78 — « *Le Retour des Champs* » groupe en bronze par Pillet.

79 — Deux appliques en bronze à deux lumières. Style Louis XVI.

80 — Pendule style Louis XVI en marbre blanc et bronze doré.

81 — Guéridon en marbre monture bronze.

82 — Bronze « *L'Arc de Triomphe* ».

83 — « *Bull-dog* », statuette bronze.

84 — Jardinière style Renaissance en bronze argenté et doré.

85 — Brûle-parfums en bronze ancien du Japon orné d'animaux et de personnages.

86 — Guéridon en fer nickelé.

87 — Deux appliques en bronze à quatre lumières. Style Louis XVI.

88 — Deux bougeoirs en bronze argenté représentant des lions.

89 — Petite pendule marbre et bronze.

90 — Miroir en bronze. Style Louis XV.

91 — Pendule style Louis XV en marbre rouge et bronze.

92 — Garniture marbre et bronze composée d'une pendule et de deux cassolettes.

93 — Encrier ministre en marbre Saint-Augustin et bronze.

94 — Deux colonnes en onyx garnies de bronzes.

95 — Paire de lampes marbre et bronze. Style byzantin.

96 — Deux lampadaires marbre et bronze.

97 — Deux flambeaux en bronze, en forme de roseaux.

98 — Christ, style gothique.

99 — Encrier en porcelaine vieux Chine,

100 — Garniture en bronze. Style Louis XVI.

101 — Deux lampadaires gothiques en bronze formant jardinières.

102 — « *Les Trois grâces* » groupe en bronze d'après Germain Pilon.

103 — Lampe suspension en bronze, de la maison Gagneau.

104 — Deux panneaux en composition décor polychrome et cadre garni de peluche.

105 — Statuette bronze « *Berger* », de Lalouette, sur socle en marbre vert.

106 — « *Enfant au tambour* » groupe en bronze par Amy, sur socle en marbre griotte.

107 — Deux flambeaux en bronze argenté.

108 — Petit lustre en bronze garni de cristaux.

109 — Pendule en marqueterie garnie de bronze. Style Louis XIV.

110 — Paire de chenets en bronze style Louis XV.

Marbres et Terres cuites

111 — Statuette marbre : *La jeune fille à l'éventail.*

112 — Statuette marbre : *Joueur d'ocarina.*

113 — Groupe marbre : *La chasse au tigre.*

114 — Groupe marbre : *L'Amour captif.*

115 — Deux gaines en onyx.

116 — Statuette terre cuite.

117 — *Le Rieur*, buste d'enfant en terre cuite.

118 — *Le Pêcheur à la nasse*, statuette terre cuite, signé d'Orvi.

119 — *Enfant, chats et souris*, statuette terre cuite, signé Gatti.

Objets de vitrine

120 — Éventail peinture sur satin, monture ivoire sculpté.

121 — Éventail décor sur vélin, danse champêtre, monture nacre.

122 — Éventail en laque de Chine.

123 — Éventail en tulle noir, monture en nacre rose.

124 — Éventail orné de peintures, monture nacre blanche.

125 — Petit éventail Empire.

126 — Jeu de brosses et une glace, monture ivoire.

127 — Glace à main en ivoire, ornée d'une miniature.

128 — Six netzukés en ivoire.

129 — Statuette ivoire représentant Napoléon Ier.

130 — Habit Louis XVI en soie brodée d'argent.

131 — Deux vases en ivoire décorés de sujets en couleur.

132 — Tasse et soucoupe, décors sur émail, monture argent.

133 — Panneau tissu brodé soie et or.

134 — Bonbonnière en émail ayant la forme d'un clavecin.

135 — Bureau et pupitre en émail.

136 — Gaîne en émail.

137 — Plaque émail, décor grisaille à personnages.

Faïences et Porcelaines

138 — Groupe composé de deux personnages en porcelaine de Saxe.

139 — Éléphant en porcelaine de Saxe sur socle en bronze.

140 — Déjeuner tête à tête en porcelaine de Saxe composé de six pièces.

141 — Jardinière en porcelaine de Saxe.

142 — Paire de potiches octogonales en porcelaine de Saxe.

143 — Paire de candélabres en porcelaine de Saxe.

144 — Laocoon, groupe en porcelaine de Saxe.

145 — Deux coupes en porcelaine de Vienne.

146 — Tasse en porcelaine de Saxe.

147 — Bonbonnière en porcelaine de Saxe.

148 — Grand vase en faïence hongroise.

149 — Deux aiguières en faïence de Venise.

150 — Deux vases en pâte tendre.

151 — Grande potiche en faïence de Florence.

152 — Jardinière en faïence de Venise.

153 — Cruche en faïence persane.

154 — Encrier en faïence hispano-arabe.

155 — Grand vase en faïence de Venise.

156 — Grande potiche en faïence de Gênes.

157 — Grand plat en ancienne porcelaine de Chine.

158 — Deux vases en ancienne porcelaine de Chine, monture en bronze.

159 — Deux vases en verre de Venise.

160 — Bonbonnière en porcelaine de Saxe ajourée.

161 — Buste en biscuit : Napoléon Ier.

162 — La Toilette du Roi, groupe de six personnages en porcelaine de Saxe à la dentelle.

163 — La Toilette de la Reine, groupe de cinq personnages en porcelaine de Saxe à la dentelle.

164 — La Causerie, deux statuettes en porcelaine de Saxe à la dentelle.

165 — Gentilshommes, deux statuettes en porcelaine de Saxe à la dentelle.

166 — Louis XV et Marie Leczinska, statuettes en porcelaine de Saxe.

167 — Paire de flambeaux en porcelaine de Chelsea.

168 — Deux statuettes en porcelaine de Chelsea, représentant des négrillons.

169 — Jardinière sur pied en faïence à décors polychromes.

170 — Grand vase forme buire en faïence à décors polychromes, avec sujets femmes et amours symbolisant la Fortuue.

171 — Grand vase sur pied en faïence émaillée.

172 — Lot de plats et assiettes.

Tableaux et Miniatures

173 — VERNON (G.). *Prince et bergère dans un sous bois.*

174 — SCHMITT. *Velleda.*

175 — VIERLING. *Les Roches-Cain* (Doubs).

176 — PARAT. *Serment d'amour*, peinture sur porcelaine.

177 — MURAZUM. *Enfant et Chien*, peinture sur porcelaine.

178 — Tableau : *Suzanne au bain.*

179 — Tableau : *La Lecture.*

180 — Tableau : *Les Fumeurs.*

181 — *La déclaration en musique*, peinture sur émail.

182 — Tableau : *Fleurs.*

183 — Tableau : *Chrysantèmes.*

184 — Tableau : *Enfants aux chats.*

185 — Peinture : *Scène du Moyen âge.*

186 -- Gouache : *Scène champêtre.*

187 — Gouache : *Mme de Pompadour dans son salon.*

188 — Grande miniature sur ivoire : *Le coucher de la mariée.*

189 — Grande miniature sur ivoire : *Mme d'Eparsac dans son cabinet de travail.*

190 — Miniature : *Portrait de jeune fille.*

191 — Miniature : *Portrait de Mme d'Etampes.*

192 — Miniature : *Portrait de Marie-Antoinette.*

193 — Miniature : *Portrait de jeune femme.*

Objets de la Chine et du Japon

194 — Brûle-parfums en porcelaine d'Avata, à décors de fleurs et de personnages.

195 — Jardinière en porcelaine d'Avata décorée de personnages.

196 — Jardinière en bronze de Kaga.

197 — Paire de vases en métal, forme maisonnette.

198 — Statuette porcelaine de Chine.

199 — Paire de vases en porcelaine de Kutani, décorés de personnages.

200 — Vasque en porcelaine d'Avata à décor polychrome ornée de personnages.

201 — Gourde en porcelaine de Chine, décor bleu et blanc.

202 — Paire de vases en porcelaine d'Avata à fond bleu, décor paysage.

203 — Paire de vases en porcelaine d'Avata à décor polychrome ornée de fleurs.

204 — Plat en porcelaine d'Avata, décor fleurs et oiseaux.

205 — Deux vases de forme bouteille en porcelaine de Kutani, decor personnages.

206 — Deux vases en porcelaine de Satzuma à fond rose, décor personnages.

207 — Paire de chimères en porcelaine de Satzuma.

208 — Paire de vases en cloisonné du Japon décor fleurs.

209 — Pairc de vases en cloisonné du Japon, décor polychrome.

210 — Koros en cloisonné, décor fleurs.

211 — Koros en filigrane.

212 — Koros en cloisonné.

213 — Service de fumeur en cloisonné du Japon.

214 — Paire de vases en bronze de Kaga, décor fleurs et oiseaux en relief.

215 — Brûle-parfums en bronze de Kaga, décor fleurs et oiseaux en relief.

216 — Paire de lampes en porcelaine de Satzuma, monture bronze.

217 — Jardinière en bronze de Kaga, décor fleurs et oiseaux en relief.

218 — Paire de potiches en porcelaine de Chine, décor fleurs et oiseaux.

Argenterie

219 — Douze couteaux de table, manches argent.

220 — Douze couteaux à dessert, manches et lames argent.

221 — Service à découper, manches argent.

222 — Services à salade, manches argent.

223 — Manche à gigot en argent.

224 — Truelle à poisson en argent.

225 — Service à hors-d'œuvre en argent composé de quatre pièces.

226 — Service à glace composé de deux pièces en argent.

227 — Douze pelles à glace.

228 — Huilier de style Louis XV, monture argent.

229 — Deux carafes en cristal, monture en argent ciselé.

230 — Théière en argent.

231 — Service à pâté en argent composé de deux pièces.

232 — Douze fourchettes à huîtres en argent.

233 — Pelle à fraise en argent.

234 — Cuiller à sucre en argent.

235 — Plateau en argent style Louis XV.

236 — Jardinière de style Renaissance, monture argent.

237 — Tabatière en or.

238 — Tasse en argent ciselé.

239 — Sucrier en cristal, monture en argent.

240 — Tasse à déjeuner en vermeil ornée de guirlandes de roses en argent.

241 — Verseuse en argent ciselé.

242 — Cafetière Louis XV en argent.

243 — Huit plats ronds en métal avec bordures de style Louis XV en argent ciselé.

244 — Trois plats ovales en métal argenté avec bordures de style Louis XV en argent ciselé.

245 — Surtout de table de trois pièces, plateaux formés de glaces.

Rideaux, Tentures et Tapis

246 — Paire de rideaux en velours grenat avec lambrequin damas rouge.

247 — Portière étoffe fond bleu avec encadrement tapis broderie orientale.

248 — Tapis fait à la main, décors Renaissance.

249 — Tapisserie d'Aubusson fond crème, décoré de médaillons et de rosaces.

250 — Trois coussins en tapisserie d'Aubusson, décorés de médaillons et de rosaces.

251 — Cinq grands rideaux en guipure.

252 — Grande carpette $3^{m}50$ sur $2^{m}70$.

253 — Grand tapis d'Orient de $7^{m}50$ sur $6^{m}50$.

254 — Lot tentures soie.

255 — Grand tapis, long. 5^{m}, larg. $1^{m}70$.

256 — Panneau en tapisserie au petit point, verdure et personnages.

257 — Beau tapis d'Aubusson.

258 — Objets omis.

IMPRIMERIE ARTISTIQUE

E. MÉNARD & Cie

Bureaux et Ateliers: PARIS — 8, RUE MILTON

www.ingramcontent.com/pod-product-compliance
Ingram Content Group UK Ltd.
Pitfield, Milton Keynes, MK11 3LW, UK
UKHW020219180726
13838UKWH00005B/2093

9 782329 36253